LIRICHE

(1932-X - 1937-XV)

GIUSEPPE COSMI

NOTTE

Una mano raccoglie
il volto d'ombra
teso nella notte,
pieno di luce fredda,
bianco come il viso
degli astri vaganti.
Tacita la speranza
s'innalza, protesa
nel regno d'ombra,
a un miraggio lontano.

Agosto 1932-X.

DONNA NOTTURNA

Accorresti, donna notturna,
tra gli alberi del viale,
come la cagna raminga:
urlavi, avevi gli occhi
fatti enormi e dallo sguardo
di bestia accondiscendente.
La moneta penetrò nella mano
come la fiocina nel polpo.
S'intrecciarono sulla mia figura
le tue risa stridenti,
irridendo alla mia paura.
Eri il teschio ai piedi della statua
che nelle notti buie di bimbo
mi gridava chi sa quale minaccia.

6 Febbraio 1933-XI.

MONELLI

Amo i monelli dallo sguardo franco

e dalla faccia bruno dorata

dal sole eterno della strada

che ti dicono l'ignota via

interrompendo un istante

di accapigliarsi fra i sassi e l'erba.

Con loro, il vento, compagno dispettoso

che rovescia i capelli, ride

e negli schiocchi che fanno le foglie.

Maggio 1933-XI.

Sono venute nel mio guanciale

le rose. Dalla finestra spalancata

sono entrate con i buffi del vento

che ridevano del mio stupore.

Il cespo era verde

ancora tutto ieri:

forse le ha fatte nascere l'alba.

Tu sola, mia pianta, rimani

arida brulla nel vento di gelo

che a raffiche ti porta in cuore

il profumo aspro del mare.

Maggio 1933-XI.

PIAZZA DI SERA

S'intrica il silenzio ai rami
e il profumo acuto dei fiori
si stende coi bimbi per terra.
Sdraiati cupi nell'ombra
i sedili raccolgono brusii
nascosti, come la cupola ampia
che si chiude nel mezzo del sonno
fra l'acuto dei campanili.
Un gridare confuso, sperduto
vien di lontano, svanito
come dietro una spessa parete.
La luce pallida di nebbia
suppone nell'oscurità imminente
il vivido bagliore.
Si culla la mente, cercando
perduti pensieri, sull'arco
d'ombra che invade la terra:
improvviso distoglie
echi, pensieri, il rintocco
tremendo, sonoro del bronzo.

16 Giugno 1933-XI.

NOTTE AUTUNNALE

Come una fiamma segreta

nel ceppo verde,

l'albero crepita tutto

di grilli, a notte.

Lo strido acuto

come d'inciso vetro

la notte ventilata confonde

di foglie fruscianti.

Con laborioso intento

gli insetti

sembran scavare un asilo

al letargo prossimo:

a lungo

le foglie confidano

fervide

nella loro premura.

L'abituale passo

solo di consuete ombre

si popola.

Gli strenui passanti

al soffio del vento

in primo brivido

s'accostano ai muri

comuni con le foglie morte.

19 Settembre 1933-XI.

LA FONTE SACRA

Un'anfora di pietra naturale
le acque quetamente formarono:
con la loro pazienza vitale
d'incisi solchi tutta l'ornarono.
Non trabocca; d'uguale misura
rimane se alcuno v'attinge:
al suo livello risuona più pura
la vena segreta che la sospinge.
In se stessa vive romita
tra silvestri intrichi: raramente
la discopre una mano stupita
che vi s'accoglie religiosamente.
Forse un dì, in piena mietitura,
la madre laboriosa udrà il dolore
del frutto novello; e senza paura
darà la luce a nuovo amore.
Allora, a questo intatto fonte
i mietitori gravi il primo rito
consumeranno, sacrando una fronte
con l'acque sparse sul primo vagito.

22, 23 Settembre 1933-XI.

TEDIO D'ACQUE

La voce del cielo

in un lungo boato risuona;

non più risa gioconde

ma un pianto quieto

rimove la pioggia.

Rapida s'approssima

la sera, un tedio rilievita

di ore disusate

ch'esprime silenzi

in nuove figure.

Come in una spessa parete

in cielo sembra vanire

il rombo che le nubi

traggono dalle sature

arie serene.

Trascorre, estuando,

il mare che la pioggia

tenta di levigare

con raffiche violente.

Sopisce

in più raccolto luogo

il lungo frenetico

rumore scrosciante:

solo la chiocciola beata

si trascina, unica amante

del tempo avverso.

23 Settembre 1933-XI.

CANTI D'ACQUE

Il musicale frangersi dell'acque

lo amplia la pietra,

come cassa sonora al vibrare

della corda soave.

L'arco iridato è mosso

dalle onde invisibili:

anch'egli vibra nell'aria.

Un limpido canto femmineo

intonano in coro

le voci che dirigono i ruscelli:

finchè le accoglie unanime

l'orchestra dei fiumi che in ritmo implacato

si confonde nell'inno eterno del mare.

27 Settembre 1933-XI

I SOLLIEVI PERDUTI

Non più il riso giocondo

esprime, la bocca silente,

come acqua che l'estivo fondo

solleva con scroscio repente.

Ma un urlo inespresso atteggia,

urlo di vento in morta stagione

che le ultime fronde dileggia

con la sferza d'un'ignota ragione.

Né riso, né pianto sereno,

in limpido getto, rimuove

la gioia improvvisa, nel pieno

traboccare di volontà nuove.

Ignoto mi ritrovo in me stesso

con un pensiero appena sospetto;

e un sentimento inespresso

al suo tormento mi tiene soggetto.

Pensieri di pura bellezza

dinanzi mi si parano, in visioni

che tentano in tutta pienezza

redimere stolte passioni.

Su un fulcro eterno si evolve

una massa d'inerte materia

che lenta si plasma: e si dissolve

immune di ogni miseria.

Pianto e riso: quale affetto

sarà che vi risvegli sinceri

dal vostro segreto ricetto

in mattini più limpidi e fieri?

28 Settembre 1933-XI.

CANTO D'UMILIAZIONE
DI UN ROMITO

13

Io sorgo prima del giorno
e mi disseto di rugiada,
lambendo le erbe d'intorno
come bestia assetata.
La fonte sublime
io conservo incontaminata;
anche se il sole mi brucia e redime
io rispetto la fonte.
Se il tempo, feroce
m'incide la fronte,
intono il mio canto
con limpida voce.
La bocca m'allego
di bacche, ma intanto
prego che sulla mia terra
altro non nasca.
Se scroscia la pioggia,
riparo di frasca
né di rupe m'alloggia:
umile essa dal fango mi lava,
io l'accolgo nella mano cava.
Se nulla io so della vita
il moto non ignoro
delle stelle: e m'addita
l'imminenza delle stagioni.
Solo la terra m'accoglie
nei sonni più buoni;

assieme alle foglie

mi trarrà ad essa più forte:

sarà questa la mia unica morte.

2 Ottobre 1933-XI

SOLARITÀ

Nella calura l'orto

è tutto morbido di zolle

come un frutto cotto

che sotto la buccia cela

l'intimo molle.

È, l'ombra che si stampa fonda

nel terreno, ambigua

come il cavolo che assorbe

la luce nella palla tonda

zeppa di grasse foglie.

Il ronzare dell'insetto

è un rombo; l'uncino

del bacello pendulo

straccia lembi di colore

che accumula fittizio.

Si rimpiatta dietro la collina

la nuvola stesa nel cielo

e modula la fissità della cima

nuda svelata dalla luce.

Oltre la siepe, come un fiume

la strada deriva la luce

che palesa abbagliante

il suo greto incorrotto.

Tituba sulla soglia il passo

un attimo, poi traversa veloce

con la lucertola che amica del sole

si crogiola sul sasso.

La ruota dal rumore stridente

solca una traccia nell'aria

come il grido acuto della gazza

che il monte riceve.

Nitida è l'ombra sul muro

nel barbaglio solare:

subitàneo il rumore spaura

il febbrile sopore.

11 Ottobre 1933-XI.

CONTRASTI

17

Il fiume fruisce del suo alveo

e lento deriva, come una duna

che il vento rilieva

e la palma frugale rimane

solinga; il salice filari aduna

disperato amante dell'acqua.

A riva, nello sciabordìo, la barca

è leggera, lo scoglio si sciacqua

immutabile sotto l'onda che lo varca.

L'agave e il ficodindia, tesi

sul dirupo, hanno, dei violoncelli

i suoni più gravi ed illesi.

Frana la spiaggia a riflusso,

l'ulivo ha una voce fievole

sulla vertigine infisso.

Ignara meridiana il girasole

s'è già volto a tramonto

e il convolvolo si fa esiguo alla luce.

Il lungo vibrare dell'acque

quetamente s'addorme nel cavo

della roccia allacciata dal mare.

Come un'offesa evocata alla memoria

a fior di labbro urge l'imprecazione

e il rancore nella mente impazza.

11, 14 Ottobre 1933-XI.

ESOTICA

Se m'adagio nel palmeto

ha il vento uno strano sillabare.

Il grappolo di frutti, inconsuete

voglie risveglia istintive.

L'eucaliptus, che muta la corteccia

con animale sfaldarsi, ignoti detriti

d'incalpestate voragini dispiega

ove segno non è d'orma o sentiero.

Il pino esotico, ciuffi di verde

ostenta sul rosso rame del tronco

la sua immagine rassomiglia

a un idolo di selvaggia credenza.

Con questi alberi costruita

una zattera approda alla memoria.

Risorti sogni di fanciullo;

è carica di merci nuove.

Lo spruzzo dell'onda sullo scoglio

è un antico tuffo ad occhi sbarrati

per scoprire nella smarrita voragine

il relitto d'un naufragio fittizio.

Il profumo degli alberi esotici

è la mèta d'un viaggio, compiuto

con la debole fantasia d'un giorno

in cui la malinconia ci pesava sugli occhi.

Il veliero che lontano viaggia

è un'esistenza che si stacca

dal pavido ancoraggio: al ritorno

sarà carico di legname.

13, 14 Ottobre 1933-XI.

TRAMONTO D'AUTUNNO

Oh! il largo soffio autunnale
che modula l'immensità continentale
delle nubi adunate a tramonto!
Da ogni squarcio un raggio già pronto
divampa: e arrossa quelle che schermo
si fanno di un cielo più fermo.
Come una lastra d'acciaio temprato
è il mare cupo iridato:
sulla riva del golfo le case
si ridestano, come su coppe invase
da fervide bolle spumanti
che su gli orli si fanno traboccanti.
Pensa al suo lungo cammino
il pescatore, e all'indocile bottino
che guizza balza e s'inarca.
Grave d'indolenza, la barca
attende il moto che la soccorra
dal fondo pesante di zavorra.
Non cessa mai, su questo lembo di mare,
l'estate, se il giorno vi cade nel rosseggiare
d'un cielo sfatto dal temporale.
Si distacca il vivere naturale
come una spiaggia vinta da una corrente
in cui s'inceppino onde violente.

20 Ottobre 1933-XI.

IL RAGAZZO CHE PESCA
SULLO SCOGLIO

Il ragazzo che pesca sullo scoglio

esile appare come la sua canna

ma più pieghevole e più forte.

L'onda gli lambe le caviglie nude,

lo spruzzo s'arresta, librato

nell'aria, e non lo tocca.

Piccolo, sull'infinità del mare

ha la noncuranza del padrone.

A guardarlo, è nostra

l'implorazione dei flutti.

Se lo chiami, la sua risposta

è un suono di conchiglia,

linguaggio naturale;

se lo tocchi svanisce innocuo,

come la medusa ombra del mare.

Se gli falla il piccolo piede

l'onda s'arresta un attimo,

inceppata: rorido d'azzurro

nel suo velo cristallino riappare

coi neri capelli ricciuti

legati da un groviglio di spume.

A un richiamo riafferra

la lenza, ancorata coll'amo

nell'alghe: col pugno rinchiuso

minaccia le acque ridenti.

Quando risale sullo scoglio il sole

lo incendia di luce e l'abbaglia:

egli si scherma la vista

attento alla preda,

più nudo e innocente di essa.

Boccadasse, 24 Ottobre 1933-XI.

LA SOSTA

I sogni si danno la mano

come i bimbi che fuggono ai ripari

con la gioconda fratellanza

delle anime innocenti.

Se guardo il silenzio

intendo la parola del cuore:

è un lembo di frutteto

quest'effluvio, che più non è profumo

ma gustoso sapore.

Come un bimbo

già lanciato per il pendìo,

sulla carraia m'arrendo affaticato,

pavimento duro di gramigna.

Come nell'acqua marina

traspare la medusa,

dei sogni conquistatori ondeggia il velo.

Come quando ci colse la notte

fra le siepi, e oltre non c'era

che il cielo,

abbiamo il soave labbro infantile

dischiuso dallo stupore.

27 Ottobre 1933-XI.

DONNA MARINA

Protesa sul bordo, con la mano

tenta ghermire il pesce

d'un colpo come fa il gabbiano:

o si lancia a raggiungerlo

e lo lascia per gareggiare a nuoto.

Brunito era il suo colore, ignoto

ora che bianca traspare

tra due acque, vagante,

mobile anche se stanca

s'abbandona all'onda che par la deformi.

Il vecchio marinaio segue l'orma

d'ignota apparenza,

trepido d'un grido giocondo:

ella gl'incute tanta riverenza

quanta n'ebbe un dì nel fondo

in cui era impigliata la sua rete.

Il suo grido ripete

la breve riva a cui essa emerge:

ritta e lucente,

statua innocente s'aderge.

Ancor velata dalla trasparenza

abbrividisce d'ignota temenza.

22 Novembre 1933-XII.

VIALE D'AUTUNNO

Le piante predate

dei viali, più arrugginite

si son fatte, sotto le acquate

che le hanno colpite.

Vestigia di una stagione

sono le foglie rosse

sui rami: non più buone

all'ombra, al vento che le mosse.

Le già vinte, al suolo

le umilia ogni vento:

qualcuna tenta un volo

suo ultimo intento.

Tempera l'arsura

la pioggia; il fanciullo

cerca nell'acqua scura

della cunetta un trastullo.

La nuvola palesa

l'incandescente contorno,

come una vela tesa

sul naufragio del giorno.

Ogni cosa un incrìno

evidente mostra:

sola purità è l'argentino

grido dei bimbi in giostra.

Smarriti si sono gli uccelli

dalle confortevoli voci:

ignoti, come i poverelli

ai solitari incroci.

24 Novembre 1933-XII.

LA FANCIULLEZZA

Molti già fummo amici;

ora non più.

Lungo le foci, nei tramonti,

nudi trasparimmo:

piccole costole palesi

i nostri petti,

gioco di luci

il battito del cuore.

Tingeva i rami

il rosato della sera

in cui nidificava il nostro gioco.

La caduta ci rapiva

un grido, leggeri

uccelli in fuga.

A fior d'erba

pasturammo coll'alba

le rugiade, lungo le prode

ombrose ove fiorivano

le nostre mani

come pallidi gigli.

Il tempo era senza misura:

finchè, riottosi, al giogo

d'una triste sorte avvinti

cercammo ad occhi sbarrati

la fuga delle ore.

Celammo entro le brevi

vesti ricche di strappi

la nuda felicità

delle folli corse

premiate di cadute.

Ci crollarono le spiche

dell'estate sulle strette spalle

e ci punsero il collo

d'un vivo desiderio.

11 Gennaio 1934-XII.

AZZURRITÀ

Occhieggia, in una pozza d'acqua,
la luna, penna di pavone.
Dentro palpebre azzurre ondeggia
l'acqua serena del sonno:
le ciglia han sopito la pioggia
in un latteo sguardo.

13 Marzo 1934-XII.

SONNO

A fior d'acqua

una libellula si libra sonora.

Le dita d'un bimbo

tremano sui labbri dischiusi.

Bisbiglia, nel silenzio,

la voce che s'è fatta un nido

nella gola e inghiotte

il seme infecondo del pianto.

Poggiato il capo

sulla pietra, ascolta la favola

dell'acqua tra le canne:

è emerso dall'acqua

forse un flauto caduto nella siepe.

La mano raccoglie

un viso già grave e lo trae,

fratello incantato,

alla sua riva nel sonno.

La mano infantile

si protende: con una voce nuova

il suo gesto innocente

s'accompagna. Una scìa di tempo

è nei tuoi capelli

lustri, tranquillo fanciullo!

13 Marzo 1934-XII.

L'ÀNCORA VECCHIA

Appare, l'àncora rugginosa,

come l'affresco tra le macerie d'un tempio.

Il grave suono dell'onde

come un remoto rombo di campana

acquieta un sordo rammarico.

Radice d'oro,

alla sua ceppa s'avvolgono

le onde quando corrono,

cavalli criniti d'arcobaleno,

sulle praterie del mare.

Nel breve arco della riva

è il vento, che vi fluttua

un'eternità smagata.

Le minute luci notturne

fanno dell'àncora perduta

un blando lume marino.

Con cuore di bimbo, il marinaio

la trarrà alla spiaggia una mattina

meravigliato della sua fragilità.

La mano che l'afferra s'impolvera

come un insetto carico di polline:

oh, fosse l'antèra che si sfa

al primo soffio della primavera!

1 Marzo 1934-XII.

LA CANZONE MARINA

In te affondo, canzone,

pescatore che cerca una vena

nel tuffo più profondo.

Come una vela lacera cui il vento

dona un poco di vita

sbatti nella tempesta coi tuoi lembi.

Fuggi verso la spiaggia remota

dove s'arenano gli uragani

che strappano i legni dai brevi riposi

entro le baie degli arcipelaghi perlacei.

Allieti la bella solitudine

con la tua voce: rinasce

sull'orlo infecondo della spiaggia,

là dove batte l'onda della marina,

la fonte che darà la goccia dolce

all'amara bocca del naufrago.

Sorge con te l'aurora discinta

reggendo sul fianco

l'anfora colma di un'ambrata luce

Bevi, col mare, l'aria dalla vela

come da un pendulo labbro.

Nella bianca luce della notte

spezzerai il pane salivato.

Tremerai sui ginocchi del vecchio

pescatore che ti troverà

tra le maglie d'una rete sdruscita,

composta urna, statua salina.

Udremo il rantolo sordo della vena

ch'è sotto i nostri piedi

col rammarico della prima felicità

lasciata, adolescenti beati d'un sogno.

Come un uragano, la gioia

ci abbandonerà sulle sue rovine:

di nostro solo questo avremo,

alieni d'ogni altra cosa.

3 Marzo 1934-XII.

ALLA MORTE

Lungi dal suo nido di macigno

si libra in alto, sul vento

fisso l'adamantino sguardo,

la morte, ambo le ali tese.

Canta sulla stesa campagna

con voce di falco: s'impaura

l'uomo che vede scancellarsi

l'impronta, dalla polvere

che un fiato invisibile consuma.

China la fonte pe'l cordoglio

muto, il ramingo esule

sente la morte prossima

a divenirgli amica,

vede l'oppressa spoglia

orfana di gramaglie.

Veglia, in grigie piume,

il sonno torbido degli ospedali:

osa, nel chiostro oscuro,

destare il penitente

che sul marmo contagiato

stende la carne accesa.

Con torme d'uccelli sonnolenti

migra ai templi insulari

ove s'esaltano i canti dei prigionieri

mentre le folle pregano

dimentiche d'ogni rivolta.

Ala gentile, ancòra, ancòra

trasvola l'ocèano interdetto,

torna, come già venisti, all'adolescente,

fa che gli inespressi canti

sian dalla tua pura mente suggeriti!

9 Aprile 1934-XII.

SIMONETTA
O DELL'EBRIETUDINE

34

Per un garofano, sulla strada

mi segue il tuo tragico amante

e si avvilisce a terra stramazzato.

T'offre la fiamma accesa

nel bicchiere dove ha bevuto

il liquore per un sonno gioioso.

Da un riposto luogo lo raggiungi:

con te vorrebbe peccare

per esserti compagno in penitenza.

Dalle tue pure mani, trascinato

nel fruscìo leggero delle foglie,

implora; ma nell'acqua verde

degli occhi tuoi, che la luce

trascolora, affonda,

vagabondo vinto dalla sete.

21 Giugno 1934-XII

LA STAGIONE PREDILETTA

Relegata ti vedo nel tuo canto,

rapita dalle compagne

a un commiato improvviso.

Nel silenzio che ti circonda

non sai più dire parole

ma suggerisci una muta

sorridente indulgenza.

Come la bella stagione

che dalla festa d'autunno

dilegua non vista

tu tenti una fuga:

già lungi ti volgi, e t'esalta

l'addio insperato, perdono

di ultima ora.

Non so dire quale

dolcezza mi trattenga ancora,

quasi che dolorando

io ti possa più amare.

Se in un gioioso cantare

entra una nota triste

quella voce molto s'accora;

e par quello che il vento

porta nella tua memoria:

la foglia che vien meno

dal ramo, presagio d'inverno.

Per un fiore ch'io colsi

alla sera, mi confortò

il mattino intrecciando ghirlande.

Così m'illuderò di trovare

la tua figura gemella

con la nuova stagione:

e quando la pioggia crea

il minuto sillabare delle goccie

udrò, con udito bambino,

il tuo celeste conversare.

5 Settembre 1934-XII.

SOGNO D'INFANZIA

Nel mio riposo di bimbo

ero nel prato d'erba medica

a un'attesa quotidiana:

sorprendere l'amico prediletto

sulla strada della collina.

Come un dono di preziose

lusinghe, maturavano

subitanee frutta.

Andavamo leggeri, con gli uccelli

mansueti. Nel loro linguaggio

c'era un invito ai giochi

per gli amici improvvisi.

S'apriva il sonno, sui cigli

fioriti dell'erba: nel bosco

mi trovavo ridesto

a nuove spontanee cacce.

18 Settembre 1934-XII.

RINASCITA

Formi, con le tue dita magre,

le pieghe delle vesti

gravi e abbrividenti.

Da un miracolo accolta,

nel panneggio ti ritrovi composta.

Senti nel rigoglio

delle tue braccia slacciarsi

come un volo sgomento

tutti quelli che amasti,

i fedeli compagni

della tua rifiutata solitudine.

La sorella maggiore ti veglia

nel breve specchio d'un davanzale,

già pronta a perdonarti

gli inauditi segreti.

Spezzi l'arco delle braccia

dietro la nuca, e t'adergi

tocca da un desiderio di sguardi,

nulla sapendo di quello

che in te ha relegato.

Il passo titubante s'allevia

ai tuoi ginocchi, piegati

da un nuovo incedere di donna.

Si dibatte a lungo, sui tremuli

cigli, il raccolto vaneggiare

delle segrete lagrime

che nel crepuscolo rattieni,

elemosina pe'i respinti

dai nidi colmi.

Scendi con la sera

sotto le basse foglie a respirare,

ché nella tua gola si consuma

la nuova voce.

Accenni; e ti crei

un sollievo di subitanee

voglie. Uno che ti reggesse

stupirebbe della tua breve caduta.

1934-XII, I935-XIII.

PRIMAVERA

Quiete non è più pace,

giorni di primavera

in riposati luoghi.

E, nel silenzio, il canto d'un uccello

che chieda a se stesso conforto

a quando a quando ridesta

temi nuovi nell'aria.

Emulo, a prova, grida,

se dagli echi nascano voci

in concerto naturale.

Tendo l'udito ai tronchi: l'atto

un tempo mi piacque. Ma i monti

e le colline non mutano.

Rada l'erba, e la foglia,

come la luna, sì che il cielo

par che dentro vi traspaia:

ma il mondo, appena nato,

nel sereno già s'è fatto adulto.

Alla pietà non credo, stagione.

Adesso m'incammino alla natura

e cerco il mare ch'è tanto

lontano: meno prossima

è bella a riguardare

ogni felicità.

Che importa se l'ora di restare

è colma? Esulare bisogna:

e il mare, brullo cammino

d'eterno, invita. Nascerà

una rapina fiorita ad ogni passo.

Facile ancora, tra piante ed erbe,

udire confessarsi la stagione

in cui tra poco gioverà dormire.

Ma il risveglio ha torpidi labbri.

Potesse sempre il ramo germinare

foglie ogni dove!

1934-XII, 1935-XIII.

LEGGENDA

PER UNA NOTTE MALATA

Germana di malinconia

impera, su leoni di marmo,

la creatura della favola.

Le sue parole s'incantano ai labbri,

ma sùbiti sorrisi palesano

gioie segrete: meraviglie

di parabole per un canto d'uccelli.

Come foglie, nell'aria

le sue dita tramano discorsi,

flautati echi di vita

d'un corpo dormiente

che il sogno guida

antica pastore del tempo.

Antico. In esso la bella creatura

è come il vento che troppi

grappoli di fiori ha vendemmiato

e batte stordito ogni dove.

Chi ciarla di suoi segreti amori?

Chi batte le mani, a immagini di ballo

seguitando figure alle pareti?

Savio è pur sempre, il favoleggiare.

Nella penombra tentano abbracci,

a cui sfugge, si serrano illuse

tenerezze, a cui ride.

Ratta elude, accanto ai marmi,

circoli chiusi di conchiglia:

l'orlo ne imperla di un poco di pianto,

cenere d'ignoto struggimento.

Ma il giorno è devoto ad altri lutti.

Uno, sul leone di marmo,

si esalta e si dispera,

fanciullo che non sa

e in pianto si consola

d'un lungo inestinguibile desìo.

6 Aprile 1935-XIII.

GLI ULIVI NELLA NEVE

Tristezza, di non sapere

come un fanciullo, darmi alla gioia

per un dono di neve a fin d'inverno.

Ridesta dal nuovo sonno,

la terra candida di piume

unite nell'ala, trema

nell'aria del primo volo.

Pieno del tardivo duolo

l'ulivo giovinetto

all'estasi prima s'arrovescia

come un capo, palpita

bianco come la luna

che solo adesso si scorge

tanto è al sommo del cielo.

Venuto è il tempo, ormai,

che il tepore degli alberi

illuda l'uomo d'una stagione

gentile ai sensitivi alburni

quando la luce del sole

prende forme precoci

come un marmo greco.

Tresca col sole la felicità

e s'inghirlanda del pallido ulivo

pei giovani balli:

i soli propizi a chi cerca

pe'l bene e pe'l male

un'estate nel fiato del mare,

nelle sue rive senza stagioni.

Domani, nascerà,

allevato dal sole e dal mare

come gli ulivi dalla terra,

il ramo germinante dappertutto,

pietà ultima di un seno

da cui l'affetto per sempre scompare.

Maggio 1935-XIII.

SENTO

L'AVVÌO DELLE CICALE

Sento l'avvìo delle cicale

nel mattino nuvoloso,

quasi un richiamo di pioggia.

La cicala, nel verde folto

del frassino, distilla, dall'amara

scorza, l'essenza strana

per le bevande dell'estate.

Mattina del 10 Luglio 1935-XIII

FEBBRAIO

47

Un uomo, chino sulla terra,

zappa e zappa tra il chiaro degli ulivi.

Una donna, tra il verde pallido

dell'orto, raccoglie erbaggi.

Eretto, tra le canne mezzo

nascoste, prepara un vecchio

il traliccio su cui stenderà

i viticci molli e freddi.

Sotto il grigio del cielo, apre

la terra i suoi colori nascosti:

gli alberi gonfian d'un'adolescente

malattia i rami.

13 Febbraio 1936-XIV.

BASTA UN BEL CIELO D'APRILE

Basta un bel cielo d'aprile

e, dal colle sul mare

digradanti, i pini e gli ulivi.

Basta il sorriso della giovine

donna bionda

come il vino ove il sole

si frange: e s'intepida il vetro.

Gli occhi suoi cangiano

come specchiando il mare.

Ecco, s'adorna la felicità

terrena: ecco la grazia

del giorno, la poesia

genuina e segreta, al caldo

nascosta come i mille semi.

Come le selve, anelanti

i vènti che le urgono,

s'adorna il manto della felicità

terrena e solare.

5 Aprile 1936-XIV.

BELLO IL SOGNARE
STANOTTE

49

Bello il sognare, stanotte.

La luna è calda come il sole,

il mare, che vien di lontano

come un fiume, parla con me

degli spazi deserti.

Inebriata è l'onda

dell'aroma della terra e cozza a lungo

contro lo scoglio testarda.

Tutta l'arsa vita, sazia

di spazi, cerca una pace

nel seno della terra

in cui nasce l'insetto, in cui l'acqua

del cielo si sperde sonora.

5 Aprile 1936-XIV.

TUTTO UN ANNO

HO ASPETTATO

Tutto un anno ho aspettato

questa mia primavera: pioggia e sole

han colorato il mio vivere

solingo. L'infranto mio specchio

vi si guarda in mille modi,

il mio pianto somiglia

alle lagune celesti, la mia voce

grida parole senza senso

come il vento a provare il telo breve

delle foglie, tremolanti

come labbra di uno spavento.

I grappoli odorosi

sono nidi d'api strane,

danno un miele indelibato pe'i golosi

che hanno i sensi rassegnati.

Ore 12 del 25 Aprile 1936-XIV.

BELLO È CIÒ CHE FU

Bello è ciò che fu;
eppure vivere bisogna.
Oh, all'onda dei ricordi
mescere quanto di stanchezza
ci aggrava! Domani
ci attenderà l'albero che regge
un poco la fatica
e il camminare, aperto a tante strade
che ognuno proverà.

1936-XIV.

LE RONDINI

VANNO IN GALIZIA

52

Le rondini vanno in Galizia,

come dice la leggenda:

e questa che m'afferra

e scuote è l'ansia d'una terra,

ove emigrare in un giorno

anniversario dell'estate

a salutare lo stormo

raccolto dei miei fratelli.

Ore 10 del 5 maggio 1936-XIV.

LA NOTTE SERENA

La notte serena

nel plenilunio fresco del maggio

ha acceso il lume caldo

del pittosporo che stordisce,

poi dispensa doni

che non so apprezzare

nella triste miseria

dei mali mortali.

7 Maggio 1936-XIV.

AFFRANTA

LA MENTE IMPAZZA

54

Affranta la mente impazza

come nel gorgo la bufera:

e s'alza e s'avvolge e s'abbatte

nella ridda suprema:

chiede compagni per l'estrema corsa.

Questa è la notte di tempesta

attorno alla casa

in riva alla marina:

e queste che il vento porta

voci di morti, parlano di te

ch'io non dimentico,

che mi vegli casta

come la luce.

Ore 22 del 7 Maggio 1936-XIV.

IO INVECCHIO

NELLA MIA FORTE...

Io invecchio nella mia forte

vita; e tu sei già da gran tempo

lontana; e il vento grida

alle porte alle finestre

voci che temo di capire.

Il vento grida iracondo

e tutta la marina è ribellione

e la mia anima è ferma

tra gli scogli e con voce segreta

affronta la fiera

moltitudine dell'altre voci

e grida e grida

richiami di peccati

e mi fa nudo davanti ai tradimenti,

mi fa nudo come morto.

1932 -XIV.

A QUEST'ORA

IL MONDO ESALA...

A quest'ora il mondo esala

odore d'erbe. Lentamente

sale la recondita ansia

degli alberi. Il flauto

acquatico delle rane

è, senza requie, in gara.

Tutti i crepuscoli sembrano

ritornare veloci, a prova

come rondini. Il sasso

odora di primavera

come un legno cui maturano

le linfe, come un cuore

convalescente.

25 Aprile 1937-XV.

TUTTO È SOSPESO

LIBRATO NELL'ARIA

57

Tutto è sospeso librato nell'aria

come le foglie che s'annerano

contro il cielo. Nel breve limite

dello sguardo si richiude

un altro paese alla stessa ora.

Lo creasti nelle tue pure mani

di fanciullo come un presepe.

Il ricordo trae lentamente,

sopra il suo carro, l'immagine dormente.

S'avvìa come l'aurora

sempre allo stesso paese

a rischiarare i prati e i colli dove

fosti rapito senza rimpianto,

allora.

27 Aprile 1937-XV.

OPPRESSIONE

Da un arcuato squarcio di nubi

traluce il rosseggiare del tramonto

che illumina le acque calme

dove stanno raccolti i battelli

nell'immagine stretta del molo.

Si rovescia l'ombra, nello specchio

lucido dell'incavato golfo:

i gabbiani battono lenti

le ali nella spenta aria.

I pensieri, nell'ora di libertà,

oppressi dalla fatica

del giorno che li travaglia,

non vagano: restano avvinti,

attendono forse l'incrino

del vento; o il freddo, oscuro,

sereno della notte.

1 Luglio 1937-XV.

FAVOLA DEL VENTO

Steso nell'erba respiro

cogli alberi spontanei; lo stormire

delle foglie è un sillabare

puerile ad ignoto ospite:

ma non desta il silenzio,

col ramo fiorito, che ascolta.

Tutto è stretto nel sonno;

anche il lene vento che incanta

i miei orecchi, fino all'estrema

favola umana.

Nella vuota crisalide prigione,

ora si veste di mille colori

la superba farfalla; cresce

con ali di meraviglia.

Le specie sovrane consumate

per gioco, un tempo,

e cerchi e ghirigori

non sono che vestigia

sparse dei voli brevi:

d'Icaro non sapevi

e il vento ti tradiva.

Ora pe'l labirinto trascorre

cauto compagno

il silenzio; ma il vento,

su quelle ali intento,

non si distoglie; si tinge

di tutti i bei colori:

coll'albero o la felce si finge

simile al fiore o all'erba

se l'umano si desta.

Sebbene non pesi sulla terra,

l'ultimo cacciatore di farfalle

l'ora dei cangianti prodigi

ancora elude; e gli ori

e le porpore mutano in nube,

figurata favola all'aria.

Pigro, sognante,

vinto, cade tra le foglie

il vento che spiava, e nel sonno

il fiato gli sibila tra i denti.

Il fuco morituro

sull'api regine beate tra i fiori

nell'estrema dolcezza non sai che mesca

tanto ne trascolora ogni sua preda.

1937-XV.

IL CARRO TERRESTRE

Attendere potrei sino al mattino

in questa notte di pioggia

che mi ha costretto sotto le piante

a cercare ricovero.

Come un gran carro colmo

d'erbe mietute odora

il mondo nella tiepida notte:

alto è il fiorito raccolto

tanto che appena scorgi

il bianco corno della luna

trarre curvo sotto i bassi rami.

L'ora che conduce i grandi carri

è già trascorsa, per me;

ma vedo il celeste traino

di stelle a quando a quando

passare nel cielo con il tuono.

Seguiterò in mezzo all'alte siepi

il candido andare delle nubi.

Chinato il viso tra le molte

erbe, sul carro avanzo

senza duolo. Anch'io confuso

nella buona messe, intendo

la fatica curva delle nubi

tra i gioghi del cielo.

D'ozi feconda e d'acque,

la notte invita

passi sul ritmo delle ruote

invisibili, misura la pioggia

in goccie rade che battono

sulle pietre pulite come ossa.

Biancheggiante potessi una sonora

reliquia abbandonare

quando camminerò la lunare

strada letèa! Nell'estremo

silenzio sarei consolato

dal chiaro rumore delle strade

popolate di carri, tanto

che crederei prossimo com'ora

il dolce paese di Favola.

Ma tristezza conoscere non voglio:

ora nell'ombra posa la falce

e per i vasti campi cresce

la soprana voce di primavera,

alta e innocente come

il canto dei falciatori a sera.

Giovane è il mondo come me

nel fresco diluvio delle acque;

migrano verso la pace deserta

le tribù novelle della terra

tra folgori e tuoni in guerra.

Precede da lungi la bella

stagione, vien sempre

verso il nostro paese,

mentre lontano balena

quasi un nuovo giorno

sorgesse dall'ultimo orizzonte.

L'ora che conduce i grandi carri

è già trascorsa per me;

e fermo al breve riparo d'alberi

credo quivi in eterno posare

mentre la luce mi concede

ogni baleno per vedere

il lontano paese ch'io so.

Paese di scialbe muraglie

che dolce la favola dice,

a cui, quando la pioggia fa remoto

il mondo intorno, giungono

d'ogni dove i grandi carri.

Ma, caduta in oblìo, reca

ogni stagione alle tue pietre

erbe che nascondono rovine.

Patria dei carri, più non mi giova

l'andare. Sì breve è la notte!

E il carro senza fine avanza.

Pure le verdi selve tranquille

covano a lungo i segreti

vènti, gia immemori

della trascorsa tempesta.

1937-XV.